AF460711

# VENTE

D'UNE

# COLLECTION DE MONTRES

## DU XVI^e AU XIX^e SIÈCLE

**Appartenant à M. le Comte de X....**

---

DECEMBRE 1911

CATALOGUE

DES

# MONTRES DU XVI$^{e}$ AU XIX$^{e}$ SIÈCLE

**En Cuivre, Argent, Or et Émail**

COMPOSANT LA

## Collection de M. le Comte de X....

DONT LA VENTE AUX ENCHÈRES PUBLIQUES AURA LIEU

HOTEL DROUOT, SALLE N° 10

**LE LUNDI 18 DÉCEMBRE 1911**

*à deux heures*

---

| COMMISSAIRE-PRISEUR | EXPERTS |
|---|---|
| **M$^{e}$ F. LAIR-DUBREUIL** | **MM. PAULME & B. LASQUIN Fils** |
| 6, rue Favart | 10, r. Chauchat \| 11, r. Grange-Batelière |

**PARIS**

*Chez lesquels se distribue le présent Catalogue.*

---

EXPOSITION PUBLIQUE

**Le Dimanche 17 Décembre 1911, Salle N° 10, de 1 h. 1/2 à 6 h.**

## CONDITIONS DE LA VENTE

Elle sera faite au comptant.

Les adjudicataires paieront *dix pour cent* en sus des enchères.

L'exposition mettant le public à même de se rendre compte de l'état et de la nature des objets, aucune réclamation ne sera admise une fois l'adjudication prononcée.

Paris. — Imp. de l'Art, Ch. Berger, 41, rue de la Victoire.

# DÉSIGNATION

1 — Deux montres en argent guilloché, à cadran métallique gravé.

Diam., 46 millim.

2 — Montre de chasse, avec cadran métallique, en cuivre gravé, orné de deux petits médaillons émaillés en couleur. Commencement du XIX$^{e}$ siècle.

Diam., 53 millim.

3 — Deux montres en argent guilloché, l'une avec cadran émaillé en couleur. XIX$^{e}$ siècle.

Diam., 41-42 millim.

4 — Montre en cuivre ciselé, à décor de petits médaillons, feuillages et incrustations de pierres.

Diam., 43 millim.

5 — Petite montre et agrafe de suspension munie de breloques en argent.

Diam. de la montre : 24 millim.

6 — Montre dans un boîtier, forme coquille, en argent.

Larg., 57 millim.

7 — Montre, dans un boîtier en cuivre émaillé, en couleur, à damier.

Diam., 41 millim.

8 — Montre en cuivre gravé, décor d'attributs encadrés de rocailles. Époque Louis XV.

Diam., 45 millim.

9 — Montre en cuivre, dans un boîtier gravé. Époque Louis XIV.

Diam , 57 millim.

10 — Montre en or, boîtier émaillé en couleur : Portraits d'homme et de femme ; à l'intérieur, armoirie.

Diam., 43 millim.

11 — Montre, en forme de boule aplatie, en cuivre émaillé en couleur, sujets mythologiques.

Diam., 36 millim.

12 — Montre en cuivre avec revers émaillé en couleur : Jeune fille debout près d'une urne. Genève, fin du XVIII^e siècle.

Diam., 47 millim.

13 — Montre en cuivre ciselé et doré, incrustée de pierres, décorée au revers d'un vase et de festons de fleurs. Époque Louis XVI.

Diam., 58 millim.

14 — Montre en argent, cadran sur fond d'émail bleu, ornementé d'un sujet allégorique en argent. XIXe siècle.

Diam., 55 millim.

15 — Montre en argent guilloché, à sonnerie, cadran métallique, à sujets figures allégoriques articulées, sur fond guilloché. XIXe siècle.

Diam., 55 millim.

16 — Montre en argent, cadrans marquant les heures, les jours et les quantièmes, émaillés en couleur. XIXe siècle.

Diam., 55 millim.

17 — Montre en argent, avec cadran émaillé, sur plaque métallique, décor : sujet militaire. XIXe siècle.

Diam., 53 millim.

18 — Montre en cuivre, émaillée au revers d'un sujet en couleur : *l'Oiseau envolé*. Cadran encadré d'un cercle de pierres. Genève, commencement du XIXe siècle.

Diam., 50 millim.

19 — Montre en cuivre, avec boîtier émaillé en couleur : Jeune femme jouant de la guitare, surmontée d'une devise : *Il luira toujours*. Genève, commencement du XIXe siècle.

Diam., 49 millim.

20 — Montre en cuivre gravé, orné au revers d'un médaillon émaillé, sujet à deux personnages. Commencement du XIX<sup>e</sup> siècle.

Diam., 45 millim.

21 — Montre en or, à deux cadrans émaillés, dont un orné d'un enfant sur fond jaune. XIX<sup>e</sup> siècle.

Diam., 37 millim.

22 — Petite montre en or guilloché et émaillé, entourage de demi-perles. XIX<sup>e</sup> siècle.

Diam., 30 millim.

23 — Petite montre en or guilloché, analogue à la précédente, avec entourage de demi-perles. XIX<sup>e</sup> siècle.

Diam., 27 millim.

24 — Montre en cuivre à cadran métallique, avec mouvement apparent, enrichie de pierres de couleurs. XIX<sup>e</sup> siècle.

Diam., 55 millim.

25 — Montre ovale polygonale en cristal de roche. Monture en cuivre, gravé, émaillé.

Grand diam., 42 millim.

26 — Montre en cuivre ciselé, ornée au revers d'un médaillon émaillé : Portrait d'homme. Genève, XVIII<sup>e</sup> siècle.

Diam., 55 millim.

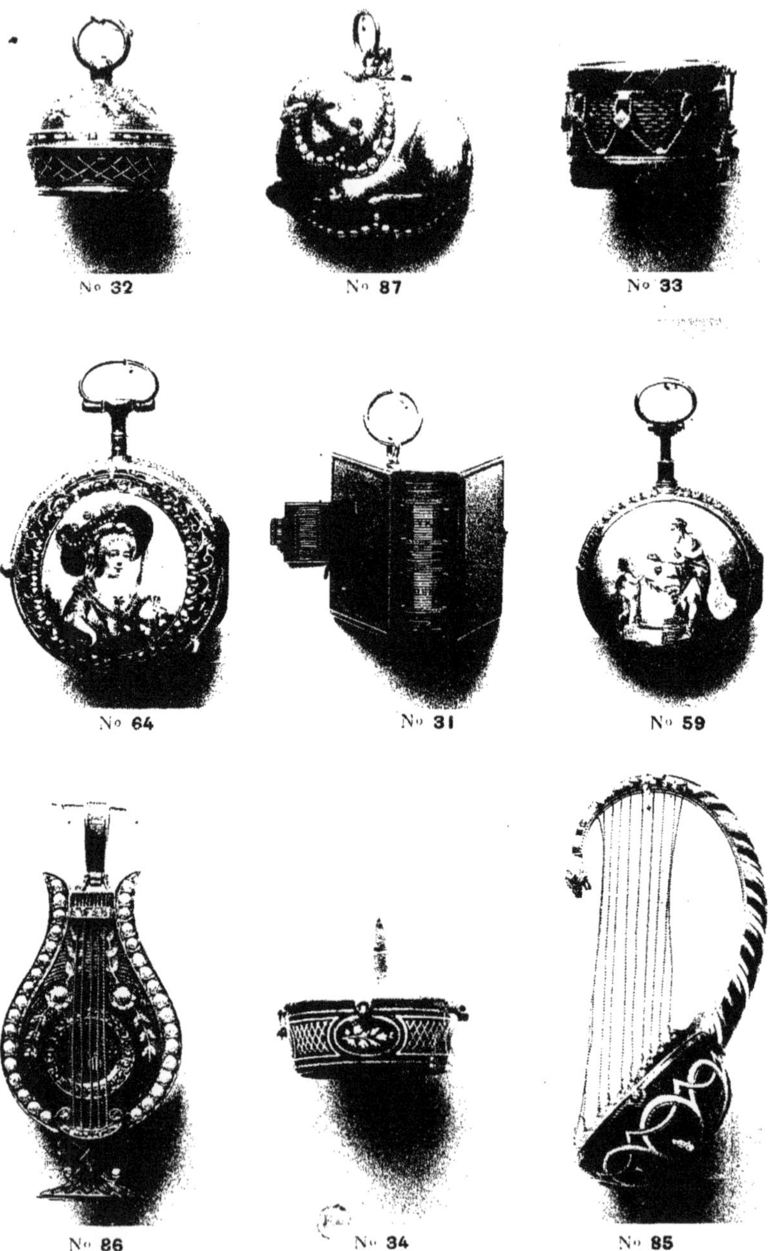

N° 32 N° 87 N° 33

N° 64 N° 31 N° 59

N° 86 N° 34 N° 85

27 — Montre en cuivre ciselé. Le revers émaillé bleu, avec sujet à personnages, émaillé en couleur, et incrustation de pierres. Fin du XVIIIe siècle.

Diam., 52 millim.

28 — Montre en ivoire sculpté, dans un boîtier de même matière posée or. Elle est accompagnée de breloque, également en ivoire. Fin du XVIIIe siècle.

Diam , 55 millim.

29 — Petite montre en or gravé et émaillé, décor médaillon à draperie. Genève, commencement du XIXe siècle.

Diam., 22 millim.

30 — Montre en or, avec cadran émaillé en couleur, et revers à sujet mobile, en émail de Genève. Commencement du XIXe siècle.

Diam., 50 millim.

31 — Petite montre, en forme de livre, en or partiellement émaillé et plaques en jaspe. Fin du XVIIIe siècle.

Larg., 30 millim.

32 — Petite montre, forme breloque, en or partiellement émaillé, décor de quadrillé et fleurs. Genève, fin du XVIIIe siècle.

Diam., 27 millim.

33 — Petite montre, en forme de tambour, en or ciselé, guilloché et émaillé en couleur. Fin du XVIIIe siècle.

Diam., 28 millim.

34 — Montre, en forme de corbeille à anse, en or partiellement émaillé en couleur, à décor de fleurs et vannerie. Genève, XIXe siècle.

Grand diam., 33 millim.

35 — Petite montre, forme corbeille, en or émaillé en plein et en couleur, avec attributs de l'amour et incrustations de perles. Genève, commencement du XIXe siècle.

Diam., 32 millim.

36 — Montre en cuivre gravé, avec revers émaillé en couleur, sur fond bleu : sujet pastoral. Genève, fin du XVIIIe siècle.

Diam., 51 millim.

37 — Montre en or, émaillé en plein sur fond bleu d'un sujet, d'après Rusell, en couleur. Genève, fin du XVIIIe siècle.

Diam., 52 millim.

38 — Montre en cuivre, le revers du boitier à rosace en acier bleui et pavé de pierres. XVIIIe siècle.

Diam., 43 millim.

39 — Très petite montre en or gravé, ornée au revers d'un petit médaillon : Portrait de femme, émaillé en couleur. XVIII$^{e}$ siècle.

Diam., 25 millim.

40 — Montre en cuivre ciselé, décor de vases de fleurs et tore de laurier; dans un boitier mouluré. Époque Louis XVI.

Diam., 55 millim.

41 — Montre en cuivre ciselé, gravé, ornée au revers d'un médaillon : sujet allégorique et feuillage. Époque Louis XVI.

Diam., 48 millim.

42 — Montre en argent partiellement doré, décorée au revers d'un trophée d'attributs. Epoque Louis XVI.

Diam., 44 millim.

43 — Petite montre en or guilloché, ciselé, décorée de rosace et feuillages. Cadran entouré de pierres. Epoque Louis XVI.

Diam., 33 millim.

44 — Montre en cuivre ciselé et guilloché, le revers orné d'un vase et d'arabesques, avec incrustation de pierres. Epoque Louis XVI.

Diam., 54 millim.

45 — Montre, dans un boîtier, en argent repoussé, décor de personnages et rocailles, époque Louis XV. Elle est accompagnée d'une châtelaine en argent, repercé et ciselé, décor de vases et feuillages. Epoque Louis XVI.

Diam. de la montre : 48 millim.

46 — Montre en cuivre ciselé et doré, décor d'attributs et feuillages. Elle est accompagnée d'une châtelaine en cuivre ciselé, décor d'attributs et chutes de feuillages. Epoque Louis XVI.

Diam., 46 millim.

47 — Montre en or ciselé, guilloché, décorée au revers d'un petit médaillon : animaux et attributs. Le cadran entouré d'un cercle de petites pierres. Elle est accompagnée d'une châtelaine en cuivre ciselé et doré, à décor de fleurs et attributs. Epoque Louis XVI.

Diam. de la montre : 41 millim.

48 — Montre en cuivre ciselé, doré, à décor de feuillages, ornée au revers d'un petit émail en couleur : Buste de femme, dans un encadrement en argent serti de pierres, époque Louis XVI. Elle est accompagnée d'une châtelaine en cuivre doré, à décor de rosaces et rocailles. Époque Louis XV.

Diam. de la montre : 42 millim.

49 — Montre en cuivre ciselé, incrusté de pierres, ornée au revers d'un petit médaillon ovale, peint sur émail : Buste de femme. Époque Louis XVI.

Diam., 45 millim.

50 — Montre en or ciselé à double cadran, l'un indiquant les heures, avec personnages, émaillés en couleur; l'autre marquant les jours et les quantièmes. Époque Louis XVI.

Diam., 55 millim.

51 — Montre en or ciselé et guilloché, décor d'entrelacs, festons, et médaillon: Amour désarmé, sur le boitier. Époque Louis XVI.

Diam., 42 millim.

52 — Montre en or ciselé, guilloché, partiellement émaillé en couleur, décorée au revers d'un vase de feuillages. Époque Louis XVI.

Diam., 40 millim.

53 — Montre en or ciselé et gravé, décorée de médaillons, d'attributs et feuillages. Elle est accompagnée d'une chaîne de suspension en cuivre ciselé et doré, décor analogue. Époque Louis XVI, (Incomplète.)

Diam. de la montre : 39 millim.

54 — Montre en cuivre gravé et doré, ornée au revers d'un émail en couleur : Sujet pastoral. Elle est accompagnée d'une châtelaine en cuivre ciselé, décor médaillon à personnages, fleurs et feuillages. Époque Louis XVI.

Diam. de la montre : 41 millim.

55 — Montre squelette en or gravé, incrustée de marcassite. Époque Louis XVI.

Diam., 37 millim.

56 — Montre en or ciselé, gravé et guilloché, ornée au revers d'un petit médaillon émaillé en couleur : Buste de femme. Époque Louis XVI.

Diam., 42 millim.

57 — Montre en or guilloché, gravé et ciselé, partiellement émaillée en couleur, ornée au revers d'un médaillon ovale émaillé en couleurs : Buste de jeune femme. Époque Louis XVI.

Diam., 40 millim.

58 — Montre à répétition en or gravé, à boîtier repercé à décor de rinceaux, feuillages, et ornée d'un sujet : Offrande à l'amour, peint au vernis. Double boîtier en écaille. Époque Louis XVI.

Diam., 40 millim.

59 — Petite montre en or ciselé, ornée au revers d'un médaillon en émail peint en couleur, sujet : Offrande à l'amour. Époque Louis XVI.

Diam., 33 millim.

60 — Montre en cuivre ciselé, doré, ornée au revers d'un petit médaillon ovale émaillé en couleur : Buste de femme, avec cadre en argent serti de pierre. Époque Louis XVI.

Diam., 43 millim.

61 — Montre en or ciselé, à décor de feuillages partiellement émaillé avec incrustations de petites perles. Revers décoré d'un sujet peint au vernis. Boîtier en cuivre. Époque Louis XVI.

Diam., 48 millim.

62 — Montre en argent doré émaillé en plein : Diane au bain dans un paysage. Époque Louis XVI.

Diam., 47 millim.

63 — Montre en or ciselé, dans un boîtier en or, ornée au revers d'un émail en couleur : Cavalier faisant boire son cheval, dans un paysage maritime. Époque Louis XVI.

Diam., 43 millim.

64 — Petite montre en or, dans son boîtier en or ciselé, orné au revers d'un émail en couleur : Buste de femme ; encadrement serti de pierres. Époque Louis XVI.

Diam., 40 millim.

65 — Montre en argent, dans un boîtier en argent repoussé : Personnages et rocailles. Époque Louis XV.

Diam., 52 millim.

66 — Autre montre, dans un boîtier en argent repoussé, décor à personnages encadrés de rocailles fleuries. Époque Louis XV.

Diam., 50 millim.

67 — Montre en cuivre doré, dans un boîtier en cuivre repoussé, ciselé et doré, décor de personnages et rocailles. Elle est accompagnée d'une châtelaine en cuivre ciselé et doré, décor analogue. Époque Louis XV.

Diam. de la montre : 50 millim.

68 — Montre, dans un boîtier en argent repoussé, sujets à personnages encadrés de rocailles, époque Louis XV. Elle est accompagnée d'une châtelaine en argent ciselé, munie d'une breloque.

Diam. de la montre : 50 millim.

69 — Autre montre et châtelaine en argent, analogue à la précédente.

Diam. de la montre : 49 millim.

70 — Montre en argent repoussé et ciselé, à sujet de personnages encadrés de rocailles et fleurs. Cadran émaillé, avec vue de ville animée de personnages, époque Louis XV. Elle est accompagnée d'une chaîne de suspension avec breloque en argent.

Diam. de la montre : 50 millim.

71 — Montre en argent, dans un boîtier en argent repoussé et ciselé, sujet à personnages encadrés de rocailles fleuries. Epoque Louis XV.

Diam., 50 millim.

72 — Montre squelette en or ciselé, enrichie de pierres. Epoque Louis XV.

Diam., 41 millim.

73 — Montre en or ciselé, décorée d'un écusson gravé au revers. Elle est accompagnée d'une châtelaine en cuivre ajouré, ciselé et doré, décor de vase, attributs et feuillages. Epoque Louis XV.

Diam. de la montre : 39 millim.

74 — Montre en cuivre, dans un boîtier de même matière, repoussé, ciselé et doré. Décor de sujets à personnages, encadrés de rocailles fleuries. Elle est munie d'une châtelaine en cuivre, à décor de rocailles et feuillages. Epoque Louis XV.

Diam. de la montre : 47 millim.

75 — Montre en or repoussé et cuivre, sujet à personnages allégoriques, époque Louis XVI. Elle est accompagnée d'une châtelaine en cuivre doré, à décor de rocailles, feuillages. Epoque Louis XV.

Diam. de la montre : 42 millim.

76 — Montre en or ciselé, à décor de rocailles et fleurs. Le revers muni d'un petit médaillon, émaillé en couleur : Amour musicien, époque Louis XVI. Elle est accompagnée d'une châtelaine en cuivre ciselé et doré, à décor d'enfants et rocailles. Epoque Louis XV.

Diam. de la montre : 42 millim.

77 — Montre en cuivre doré, à cadran métallique, gravé dans un boitier en cuivre repoussé, ciselé et doré, à sujet de personnages, encadrés de rocailles fleuries. Elle est accompagnée d'une châtelaine en cuivre repercé, gravé et ciselé, à décor de médaillons d'attributs, et ornements divers. Epoque Louis XV.

Diam. de la montre : 50 millim.

78 — Montre à répétition en or repercé et gravé, décorée de rinceaux, dans un boîtier de même matière, repercé et ciselé. Décor, sujets à personnage, encadrés de rocailles feuillagées, époque Louis XV. Elle est accompagnée d'une châtelaine en cuivre doré; décor, médaillons avec vases et personnages allégoriques.

Diam. de la montre : 46 millim,

79 — Grosse montre en cuivre gravé et doré, dans un boitier repercé, ciselé, gravé et doré. Décor de feuillages et fleurs. Elle est accompagnée d'une chainette en cuivre doré avec clef. XVIII$^e$ siècle.

Diam., 86 millim.

No 82

30

No 80

No 62

No 83

80 — Montre en cuivre gravé et ciselé, et partiellement émaillé, ornée au revers d'une rosace à feuillages, sur fond blanc et vert guilloché. Epoque Louis XV.

Diam., 50 millim.

81 — Montre à sonnerie en or repoussé et ciselé, décorée au revers d'un sujet allégorique à personnages encadrés de rocailles feuillagées, époque Louis XV. Elle est accompagnée d'une châtelaine en cuivre découpé, ciselé et doré, décor de petits amours, feuillages et ruban. Époque Louis XVI.

Diam. de la montre : 44 millim.

82 — Montre en or de couleur ciselé : sujet pastoral à personnages au centre de rocailles. Époque Louis XV.

Diam., 46 millim.

83 — Montre en or, dans un boitier en galuchat : sujet de personnages et rocailles ; double boitier en cuivre et galuchat. Époque Louis XV.

Diam., 55 millim.

84 — Montre en or émaillé en plein, représentant Danaé. Époque Louis XV.

Diam., 45 millim.

85 — Montre en or partiellement émaillé en couleur, en forme d'instrument de sauvage, décorée d'une rosace. Genève, commencement du XIX$^{e}$ siècle.

Haut., 74 millim.

86 — Montre en forme de lyre en or émaillé en plein, fond bleu et émaux de couleurs; incrustation de demi-perles. Genève, commencement du XIXe siècle.

Haut., 71 millim.

87 — Petite montre en or émaillé en plein, simulant un mouton couché avec une corbeille de fruits, et incrustations de perles. Genève, commencement du XIXe siècle.

Larg., 35 millim.

88 — Montre en cuivre, avec revers émaillé à sujet de personnages; châtelaine en cuivre faite de deux médaillons émaillés. XVIIe siècle.

Diam. de la montre : 48 millim.

89 — Très grosse montre en argent, à cadran métallique, dans un boîtier en argent repercé et gravé, à décor d'arabesques et un double boîtier en écaille et argent. XVIIe siècle.

Grand diam., 120 millim.

90 — Petit flacon-cassolette en cristal de roche, monture en argent ciselé et doré; le bouton fait d'un aigle aux ailes éployées. XVIe siècle.

Haut., 49 millim.

91 — Montre ovale en cuivre et argent gravé, renfermant, à l'intérieur du boitier, un cadran solaire et une boussole. Cadran gravé à figures et arabesques. XVIe siècle. Marquée : *Salomon Chesnon, à Bloys.*

Grand diam., 50 millim.

92 — Montre en argent, dans un triple boitier de même métal, dont un en écaille posé argent. Le boitier extérieur gravé à fleurs et rosaces. XVIIe siécle.

Grand diam., 85 millim.

93 — Montre en argent repercé et gravé, décor de frise, rinceaux de fleurs et animaux; munie d'un cadran métallique, dans un boitier en argent repercé, repoussé et ciselé, à décor de mascaron, feuillages et coquilles, époque Louis XIV. Elle est accompagnée d'une chaine de suspension avec breloque en argent.

Diam. de la montre : 55 millim.

94 — Montre en cuivre, dans un boitier en cuivre ciselé, gravé et doré, représentant l'Amour et Psyché. Encadré d'arabesques. Époque Louis XIV.

Diam., 56 millim.

95 — Montre semblable à la précédente. Époque Louis XIV.

Diam., 56 millim.

96 — Montre sans son mouvement en cuivre gravé, ciselé, doré, décor d'arabesques. Époque Louis XIV.

Diam., 52 millim.

97 — Montre analogue aux précédentes. Époque Louis XIV.

Diam., 58 millim.

98 — Montre en argent, double boitier en chagrin clouté d'argent. Époque Louis XIV.

Diam., 56 millim.

99 — Montre en argent, dans un double boitier en argent repoussé, à décor de vases de fleurs. Époque Louis XIV.

Diam., 56 millim.

www.ingramcontent.com/pod-product-compliance
Ingram Content Group UK Ltd.
Pitfield, Milton Keynes, MK11 3LW, UK
UKHW020517180726
13839UKWH00005B/2142

9 782329 481791